Das Verdikt

Britta Merkle-Lücke

Das Verdikt

Eine Geschichte über den Besigheimer

Vogt Victor Stephan Essich

Umschlagfoto: pixabay
Herstellung und Verlag:
BoD – Books on Demand, Norderstedt

ISBN: 978-3-746-00980-3

Prolog

Besigheim, am Fuße des Niedernbergs, Herbst 1755

Leicht vornübergebeugt, die Hände auf die Oberschenkel gestützt, spähte er durch die lichte Stelle im Laubwerk des Rebstocks. Die rötlich gefärbten Blätter rochen herb und erdig und kitzelten über seine bartlosen, ausgemergelten Wangen. Nur mit Mühe unterdrückte er einen Fluch. Dichte Nebelschwaden, die von der Enz herüberwaberten, umhüllten ihn wie kalte, feuchte Tücher und erschwerten ihm die Sicht. Mittlerweile konnte er nicht einmal mehr den Pfad erkennen, der sich keine vier Fuß entfernt zwischen Weinberg und Enz an ihm vorbeizog.

Verärgert richtete er sich auf – und stutzte. Kein Hund bellte, keines der Schafe auf der gegenüberliegenden Seite des Flusses blökte, selbst das Glockengeläut der Pfarrkirche oben in der Stadt war verstummt. Angestrengt horchte er in den Nebel hinein. Stille. Totenstille. Ein Zeichen? Eine Warnung Gottes? Sollte er besser zurücklaufen? Heim zu Weib und Kind, die weder wussten, welche Qualen seit langer Zeit in seinem Inneren tobten, noch ahnten, in welche Gefahr für Leib und Leben er sich gerade begab?

Unschlüssig kaute er auf seiner Unterlippe, bis er den metallischen Geschmack von Blut schmeckte. Er sollte – nein, er musste es jetzt zu Ende bringen. Koste es, was es wolle. Andernfalls würde er niemals Ruhe finden.

Ungeduldig verlagerte er sein Gewicht von einem Fuß auf den anderen und bewegte die Zehen, die sich anfühlten, als habe er sie in Eiswasser getaucht. Seine ausgetretenen, durchgeweichten Rindslederschuhe boten kaum noch Schutz vor der feuchten Kälte, die ihn umgab. Fröstelnd zog er den verfilzten, unförmigen Wollmantel enger und schlang die Arme um seinen Leib. Lange würde er sie nicht mehr aushalten, diese elende Hundskälte, die ihm heute noch unbarmherziger erschien, als sonst.

Beinahe hätte er den dunklen Schemen, der sich lautlos auf ihn zu bewegte, nicht bemerkt. Sein Mund war auf einmal staubtrocken und Schweißtröpfchen perlten auf seiner Oberlippe. Kaum wagte er zu atmen, als die Gestalt mit kleinen vorsichtigen Schritten sein Versteck passierte. Gleich würde sie wieder im Nebel verschwinden – und das durfte nicht geschehen. Nicht jetzt, wo alles so greifbar nah war und er sich endlich von den Qualen, die sich wie Würmer in seine Seele gefressen hatten, erlösen konnte.

Eine Erinnerung an undurchdringliche Dunkelheit schob sich in sein Bewusstsein. Wieder hörte er die verzweifelten Rufe und roch den Gestank von Urin und Kot, der sich wie eine Haube über ihn gestülpt hatte. Wie damals spürte er die Ratten, die an seiner Hose nagten und fiepsend über seine nackten Füße huschten. Die Erinnerung schnürte ihm die

Kehle zu – doch die Panik, die ihn bei diesen Bildern gewöhnlich überfiel, blieb aus.

Stattdessen ballte sich Wut wie eine Faust in seinem Bauch zusammen und stieg hinauf in den Brustkorb, wo sie zu explodieren drohte. Gott, steh mir bei! Gott, vergib mir! Schwer atmend bekreuzigte er sich und sprang mit zwei großen Schritten aus seinem Versteck. Ihm war, als habe jemand die Zeit angehalten – als vereinigten sich Vergangenheit und Zukunft zur Gegenwart – zu diesem einen Augenblick.

Seine Finger schlossen sich fester um den schweren, rautenförmigen Stein. Scharfe Kanten schnitten schmerzhaft in sein Fleisch. Blut vermischte sich mit dem Schweiß seiner Hand. Die Wut in seinem Brustkorb explodierte.

Mit voller Wucht schleuderte er den Stein auf die im Nebel verschwindende Gestalt. Der Schemen hielt inne, als überlege er, ob er sich umdrehen solle, sank dann langsam auf die Knie und kippte wie eine Marionette vornüber.

Besigheim, Schochenturm, fast 3 Jahrhunderte später

»Schoch, warum hast du heute fünf Schoppen Wein ausgeschenkt? Wir sind doch immer nur zu viert.« Die Stimme des seltsam gekleideten Mannes auf der Stirnseite des Tisches donnerte durch den dunklen, nach Schimmel und Fäulnis riechenden Gewölbekeller. Sein längliches, scharfkantiges Gesicht mit den schmalen Lippen und der hohen Stirn stand in eigenartigem Kontrast zu seinem massigen, vom Wohlstand gezeichneten Körper. Er trug einen schwarzen Rock mit niedrigem Stehkragen und goldfarbenen Knöpfen, darunter eine graue Weste und ein helles, kragenloses Hemd. Mit schwarzem Dreispitz und weißer Perücke, den Zopf von einem schwarzen Taftbeutel umhüllt, wirkte er wie ein besserer Herr aus den Geschichten der Gebrüder Grimm.

Im flackernden Licht einer fast abgebrannten Kerze, die neben einem kleinen Holzfass mitten auf dem Tisch stand, glich die kleine Gesellschaft einer Zusammenkunft von Vertretern längst vergangener Zeiten. Und das war sie auch: Die Geister Victor Stephan Essich, Johann David Kommerell, Johann Meurer und Wilhelm Johann Schoch trafen sich zum allmonatlichen Stammtisch.

Ursprünglich stammte die Idee, nun auch nach Lebzeiten in geselliger Runde dem Weine zuzusprechen, von Victor Stephan Essich. Jedoch stieß dessen Vorschlag bei den verblichenen Besigheimern auf wenig Begeisterung und Essich zog sich widerwillig und schmollend zurück. 150 Jahre später, im Herbst 1931, erschien eines Nachts der im März des selbigen Jahres verstorbene Wilhelm Johann Schoch in dem von Essich erbauten und lange bewohnten Präzeptoratshaus in der Kirchstraße 79 in Besigheim. Essich, der dort als Geist umging, staunte nicht schlecht, als ihn der kleine, unscheinbar aussehende Mann mit der abgetragenen grauen Schürze und der ebenso grauen Schirmmütze zum »Vierteleschlotzen« in den Turm einlud. Hin- und hergerissen zwischen gekränktem Stolz und Eitelkeit zögerte Essich kurz – dann siegte die Eitelkeit und er nahm die Einladung mit einem wohlwollenden Kopfnicken an.

Johann David Kommerell, unter den Besigheimern besser bekannt als »Der Kommerell«, sagte spontan zu, als Schoch auch ihn eines Nachts aufsuchte und ihm von seinem Vorhaben erzählte. Schochs Pläne machten schnell die Runde. Als Johann Meurer, der zur selben Zeit wie der Kommerell gelebt hatte und stets auf sein leibliches Wohl bedacht gewesen war, davon erfuhr, beschwatzte er den Kommerell so lange, ihn mitzunehmen, bis dieser genervt einwilligte. Nun waren sie zu viert. Schoch war zufrieden.

Was die Besigheimer nicht ahnten: Fortan schwebten in den Nächten des jeweils ersten Donnerstags im Monat drei altertümlich gekleidete Gestalten in das zweitunterste

Gewölbe des um 1220 erbauten Turms. Schoch hatte diese Ebene mit Bedacht ausgewählt. Zum einen bot dieser Raum genügend Platz und war mit seinen neun Metern das höchste der fünf Gewölbe, zum anderen versperrte ein verstaubtes, leicht angerostetes Gitter am Scheitelpunkt der Decke den Zugang. Kein Mensch würde ihre gemütliche Runde jemals stören.

Einem aufmerksamen Nachtschwärmer, der an einem solchen Donnerstag gegen 0 Uhr 59 die Kirchstraße hinauf marschiert wäre und auf Höhe der Kirche seinen Blick nach oben gerichtet hätte, diesem Nachtschwärmer wäre das eigenartige Funkeln an der Mauer des Schochenturms sicherlich nicht entgangen. Mag sein, dass ein solches Phänomen im Laufe der Jahrzehnte von dem einen oder anderen Besigheimer tatsächlich beobachtet, dann aber wohl dem letzten Schnäpschen zugeschrieben worden war. Der *Neckar- und Enzbote* hatte über ein solches Ereignis jedenfalls nie berichtet.

»Schoch, hörst du mich?«, raunzte Essich seinen Gastgeber an, der emsig unsichtbare Fusseln vom Latz seiner Schürze zupfte. »Ich habe dich gerade gefragt, warum heute ein fünfter Schoppen Wein auf dem Tisch steht.«

Schoch hob den Kopf und räusperte sich. Sein Blick huschte zwischen Essich und dem mit Rotwein befüllten Römer auf der anderen Stirnseite des Tisches hin und her. »Unser Gast müsste eigentlich schon längst hier sein«, gab er nervös zur Antwort.

»Schade um den Wein«, schimpfte Johann Meurer, ein rundlicher Mann mit flacher Nase und buschigen Augenbrauen. »So ein guter Tropfen muss immer frisch weggetrunken werden«, grummelte er und schob sich die braune Filzmütze mit dem Finger aus der Stirn. Unter seinem grauen, kragenlosen Hemd zeichnete sich der Ansatz eines Bauches ab, der durch die ärmellose braune Lederweste erst beim genaueren Hinsehen sichtbar wurde.

»Wie wahr«, pflichtete Essich Meurer bei und hob sein Glas. »Welch ungebührliches Verhalten, gleich beim ersten Mal zu spät zu kommen.« Prüfend betrachtete er den im Kerzenlicht ziegelrot schimmernden Inhalt seines Römers. »Wer hat sich denn angekündigt?«, fragte er beiläufig und nahm einen Schluck.

»Lass uns nachsichtig sein, Essich. Unser Gast kommt extra aus Stuttgart angereist«, versuchte Schoch zu beschwichtigen.

»Aus Stuttgart angereist?«, echote Essich und hob eine Augenbraue.

Schoch zuckte nur die Schultern. »Wer weiß – vielleicht ist er ja unterwegs aufgehalten worden.«

»Oder er hat vergessen, dass heute der erste Donnerstag im Monat ist. So etwas kann in unserem hohen Alter schon mal passieren«, meldete sich nun der Kommerell zu Wort.

Drei Augenpaare richteten sich entrüstet auf die hagere, bärtige Gestalt in der braunen Filzjacke. Die spitz zulaufende Kapuze tief in die Stirn gezogen, saß der Kommerell vor seinem Weinglas und sinnierte. Im Gewölbekeller war es totenstill geworden.

»Ich mein ja nur.« Beschwichtigend hob der Kommerell seine langen, schlanken, an den Fingerknöcheln knorpelig wirkenden Hände. »Ganz taufrisch sind wir doch alle nicht mehr – auch wenn wir zugegebenermaßen noch recht gut in Schuss sind.«

Essich, Schoch und Meurer nickten heftig mit den Köpfen, begleitet von zustimmendem Gemurmel.

»Wie dem auch sei – mir soll´s recht sein. Einer weniger, der mir den Wein wegsauft.« Essich nahm einen großen Schluck, als wolle er seinen Worten Nachdruck verleihen. »Fruchtig, süffig«, er schmatzte genießerisch. »Exzellent.« Essich wandte sich an Meurer, der sich gerade über den Tisch beugte und seinen Römer mit der einen Hand unter den golden glänzenden Zapfhahn des kleinen Fasses hielt, während er mit der anderen den Hahn aufdrehte. »Ein hervorragendes Tröpfle, das du uns da wieder mitgebracht hast«, lobte er Meurer, der fasziniert zusah, wie sich sein Glas langsam mit dem ziegelroten Rebensaft füllte.

»Trollinger. Spätlese.« Meurer drehte den Hahn zu und zog das randvoll gefüllte Glas vorsichtig zu sich heran. »Du weißt meine Mühen wenigstens zu schätzen«, seufzte er.

Essich grunzte zustimmend und ein selbstgefälliges Lächeln umspielte seine Lippen.

»Mir ist nicht wohl dabei, wenn ich daran denke, was wir hier tun«, jammerte Schoch und nippte so zurückhaltend an seinem Wein, als befände sich Rizinusöl in seinem Glas.

Zusammengesunken hockte er auf seinem Stuhl und wirkte recht unglücklich.

»Das sagst du jedes Mal und süffelst dann trotzdem immer wieder fleißig mit.« Meurers Gesichtsausdruck schwankte zwischen Belustigung und Empörung. »Warum bloß immer diese Skrupel? Wir schädigen doch nicht mehr die Herrschaft!«, schmetterte er über den Tisch hinüber zu Schoch, dem dieses Thema sichtlich unangenehm war.

»Na ja, wir schädigen zwar nicht mehr die Herrschaft, wohl aber die Gemeinschaft der Weinbauern«, mischte sich der Kommerell ein und erntete einen bitterbösen Blick von Meurer.

»Du lieber Himmel! Was ist denn schon dabei, wenn ich alle vier Wochen fünf Liter aus den Fässern in der Felsengartenkellerei abzapfe?«, verteidigte sich Meurer, dessen fahle Gesichtsfarbe einem kräftigen Rosa gewichen war. »Das fällt doch gar nicht auf.«

Schoch war da ganz anderer Meinung. Mit dem Finger zeigte er auf Meurer, als wolle er ihn damit durchbohren. »Auch wenn du es nicht hören willst, lieber Meurer – dem Gesetze nach ist es Diebstahl.«

»Ach was! Höchstens erweiterter Mundraub«, gluckste Essich.

»Zu meiner Lebzeit wären wir dafür in den Diebsturm gesprochen worden«, meinte der Kommerell.

Betretenes Schweigen.

Meurers tiefer Seufzer beendete die Stille. »Ach ja, wenn ich so an die alten Zeiten zurückdenke«, verklärt blickte er an

Schoch vorbei ins Dunkle. »Früher war alles anders. Alles!«

»Nicht schon wieder«, stöhnte Essich gequält.

Der Kommerell verdrehte genervt die Augen.

Schoch hingegen schaute Meurer voller Mitleid an.

Der wandelte unbeirrt weiter durch seine Vergangenheit als geistiges Wesen. »Früher konnte ich im Großen Fass in der Alten Kelter ungestört ein Schläfchen halten. Heute ist es dort nur noch laut und eng und ungemütlich«, nörgelte er mit zusammengezogenen Augenbrauen. Doch dann erhellte ein verschlagenes Lächeln sein Gesicht. »Am gemütlichsten fand ich es immer in den Gewölben der Kelter, da, wo die Fässer standen.« Er nippte an seinem Wein und fuhr fort. »Ihr könnt euch gar nicht vorstellen, wie schön kalt und dunkel es dort unten war – und es hat immer so herrlich nach Eichenholz gerochen.« Meurer hielt inne und holte tief Luft. »Bis dann 1693 die französischen Truppen zum zweiten Mal eingefallen sind. Die haben sich wie die Barbaren benommen und den Wein ausgesoffen und die Fässer zerschlagen«, ereiferte er sich und seine Augen sprühten Funken. »Auch das Dekanat, die Vogtei und das untere Schloss haben sie zerstört und mit den Mauersteinen Backöfen gebaut. 15 davon wurden in meiner Kelter und in der Zehntscheuer aufgebaut. Nichts war vor den Franzosen sicher. Nichts!« Mit einer schnellen Wischbewegung der Hand unterstrich er seine Worte. »Nicht einmal das Gotteshaus war ihnen heilig. Die Glocken wurden im Neckar versenkt und die Bänke rausgerissen. Dann haben sie auch dort Backöfen aufgestellt und die zerstörten Holzbänke darin verheizt.« Meurer sah in die Runde, als erwarte er einen Sturm der Entrüstung, doch der blieb aus. Essich kippelte gefährlich mit seinem Stuhl, Schoch malte mit dem Mittelfinger imaginäre Kreise auf den Tisch und der Kommerell betrachtete gerade hingebungsvoll ein ausgerissenes Barthaar.

»Langweile ich euch oder wollt ihr die Geschichte zu Ende hören?«, fragte Meurer mit gerunzelter Stirn.

Essich gähnte theatralisch laut.

Für Meurer war diese Frage wohl eher von rhetorischer Bedeutung gewesen, denn ohne eine Antwort abzuwarten überlegte er halblaut, was er noch hatte sagen wollen. Dabei tippte er sich mit dem Zeigefinger rhythmisch auf die Nase.

»Jetzt willst du uns doch bestimmt die Geschichte mit den Fässern erzählen«, half ihm der Kommerell auf die Sprünge, ohne den Blick von seinem Barthaar zu wenden, das er wie in einem Experiment zwischen Daumen und Zeigefinger hin und her rollte.

Meurer hob oberlehrerhaft den Finger. »Die Fässer – genau!« Er nickte. Ihm war anzusehen, wie er in seinen Erinnerungen kramte, bevor er eifrig fortfuhr. »Ein paar Jahrhunderte später – so um 1940 – haben die Besigheimer dann im Keltergewölbe ein riesengroßes Fass aufgestellt. Das war eine aufregende Sache! 51 Fässer standen fortan dort unten, aber das Große Fass war das allerschönste. 27.480 Liter passten hinein.« Meurers Blick verfinsterte sich und seine Nase zuckte. »Die Katastrophe kam 1975 – kann auch 76 gewesen sein. Meine Jahrhunderte alte Kelter war auf einmal nicht mehr gut genug. Wie ihr ja alle wisst, haben sie draußen in Hessigheim die Felsengartenkellerei gebaut. Dort stehen immer noch ein paar Fässer, aber auch riesige Behälter, die sie Stahltanks nennen und die angeblich 100.000 Liter fassen. So etwas hat es zu meiner Lebzeit nicht gegeben. Und das war auch gut so!« Meurer schlug mit der Faust so kräftig auf den Tisch, dass Schochs Wein überschwappte und rund um den Fuß des Römers eine rote Pfütze hinterließ.

»Alles gut, Meurer, alles gut«, versuchte der Kommerell beruhigend auf Meurer einzuwirken, doch er erreichte genau das Gegenteil.

»Nix ist gut – gar nix!«, fauchte Meurer und richtete seinen Blick auf den Kommerell. »Schau doch nur mal, was aus meinem Großen Fass geworden ist. Die Dauben trocknen aus und das Fass schrumpft. Und mit der Ruhe ist es auch schon lange vorbei. Heute trampeln Touristen durch meinen Keller und Einheimische festeln dort bis in die Nacht, machen Lärm und bringen alles durcheinander.« Kleine Schweißtropfen perlten über seinen buschigen Augenbrauen. »Gott, was ist das für ein Elend«, fügte er halblaut hinzu und wischte sich mit dem Ärmel über die feuchte Stirn.

Sekunden später zerriss ein ohrenbetäubender Knall die Luft. Die Mauern des alten Gewölbes erbebten und ein eiskalter Windstoß fegte über die Köpfe hinweg. Die Vier zuckten erschrocken zusammen und duckten sich. Schoch hielt sich die Ohren zu. Meurer schielte ängstlich zu Essich hinüber, der seinen Römer so fest umklammerte, als suchte er Halt, um nicht umzufallen. Der Kommerell hockte wie zur Salzsäule erstarrt mit geschlossenen Augen und leicht gesenktem Kopf auf seinem Stuhl und sah aus wie ein meditierender Mönch.

»Verzeiht mein spätes Eintreffen«, hallte eine raue, männliche Stimme dumpf aus dem hinteren Teil des Gewölbes.

Vier Köpfe fuhren herum. Schwere Schritte, die näher kamen, begleitet von einem eigentümlichen Geräusch, das sich anhörte, als rieben sich viele kleine Metallteile gegeneinander. Eine mittelgroße Gestalt im silbrig schimmernden Brustpanzer und einem Helm mit heruntergeklapptem Visier schälte sich aus der Dunkelheit und trat neben Meurer, der verschreckt ein Stück zur Seite rückte. Mit einer fließenden, eleganten Bewegung schob der Ankömmling sein Visier nach oben. Vier Augenpaare starrten in ein rundes Gesicht mit langer, spitzer Nase und wachen Augen. Erst jetzt, im Schein des Kerzenlichts, bemerkten sie das dunkle, unter dem Brustpanzer getragene Ringpanzerhemd. Das matt schimmernde Kettengeflecht schmiegte sich eng um die kräftigen Arme und reichte hinab bis knapp über die Knie. Aus dem gleichen Material gearbeitete Strümpfe umhüllten die muskulösen Beine. An einem breiten Ledergürtel auf der linken Seite der Rüstung hing ein Schwert.

Der Ankömmling deutete eine leichte Verbeugung an. »Eberhard, der Erlauchte, Graf von Württemberg.« Forschend blickte er die Vier der Reihe nach an. Vielleicht um seine Worte wirken zu lassen, vielleicht auch um zu ergründen, wie geschichtsfest jeder Einzelne war. Dann fügte er hinzu: »1265 bis 1325.«

Nun wusste auch der Begriffsstutzigste am Tisch, wer der geheimnisvolle Gast aus Stuttgart war. Essich, Meurer und der Kommerell beäugten den Grafen mit erstaunten Gesichtern.

Nur Schoch schien unbeeindruckt und deutete freundlich auf den leeren Stuhl auf der anderen Stirnseite des Tisches. »Nehmt Platz, Graf Eberhard. Fühlt euch wie zu Hause. Euer Wein ist schon eingeschenkt.«

Neugierig beobachteten sie den Grafen, der mit ausladenden Schritten auf den ihm angebotenen Platz zuging und sich Essich gegenüber an den Tisch setzte.

Essich, der sich zuerst gefangen hatte, ergriff das Wort. »Oho! Der Graf von Württemberg reist extra aus Stuttgart an? Was verschafft uns diese Ehre?« Wohl keinem am Tisch entging der Spott in seiner Stimme.

»Nun ja – es gilt Dinge zu erledigen, die keinen Aufschub mehr dulden. Doch dazu später.« Forsch blickte er Essich in die Augen. »Deinem Maule nach zu schließen bist du der Essich.«

Meurer kicherte.

Schoch und der Kommerell sahen sich vielsagend an.

Essich hielt dem Blick des Grafen stand, straffte die breiten Schultern und hob sein kantiges Kinn. »Expeditionsrat, Vogt Essich. Victor Stephan. 1709 bis 1775.« Er machte eine bedeutungsschwere Pause und holte tief Luft. »Untervogt, später Oberamtmann, zudem Geistlicher Verwalter in Besigheim, Mundelsheim und der Kelter des Klosters Denkendorf in Walheim. Schönste Grabtafel auf dem Alten Friedhof und ...«

Graf Eberhard hob abwehrend die Hand. »Halte inne – Vogt Essich!«, unterbrach er Essich barsch, »dein Leben und Wirken ist mir wohlbekannt.« Als müsse er seine Verärgerung herunterspülen, nahm er einen kräftigen Schluck. »Aus unserem herzoglichen Weingut?« Interessiert und mit hochgezogener Augenbraue betrachtete er den Wein.

Touché! Essich schmollte, Schoch kaute nervös auf seiner Unterlippe und der Kommerell blies die Backen auf.

Schließlich antwortete Meurer, wobei er es vermied, den Grafen anzusehen, und sich stattdessen auf ein Astloch in der Tischplatte konzentrierte. »Eine Spende aus der hiesigen Kellerei.«

Graf Eberhard nickte. »Wer sitzt noch am Tische, allhie?« Neugierig schaute er in die Runde.

Wieder ergriff Essich das Wort. »Mir zur Rechten der Schoch«, mit einem Kopfnicken deutete er auf Schoch. »Seinerzeit ...«

Wieder unterbrach ihn Graf Eberhard: »Kann der Gemeinte nicht alleine für sich sprechen?«

Essichs eh schon schmale Lippen verformten sich zu einem Strich. »Dann erzähl dem Eberhard mal, wer du bist«, blaffte er Schoch an, der das Scharmützel zwischen dem Grafen und Essich mit einem amüsierten Gesichtsausdruck verfolgte.

Schoch öffnete den Mund, doch noch bevor das erste Wort über seine Lippen kam, fuhr der Graf dazwischen. »Für dich, Vogt Essich«, er deutete mit dem Zeigefinger auf Essich, »für dich immer noch Graf Eberhard – auch wenn mein Nachfahre Herzog Eberhard Ludwig von Württemberg einer deiner Taufpaten ist.«

Essich schwieg, doch sein Kiefer mahlte, als habe er an der Rüge, die der Graf ihm eben vor seinen Stammtisch Gefährten erteilt hatte, schwer zu kauen.

Jetzt wandte sich Graf Eberhard mit einem aufmunternden Kopfnicken an Schoch. »Nun sag, wie ist dein Name?«

Schoch räusperte sich. »Schoch, Wilhelm Johann. Hochwächter. 1860 bis 1931.«

Graf Eberhard hob eine Augenbraue. »Dieses Gemäuer«, er sah nach oben und machte mit der Hand eine Bewegung, als präsentiere er ein Gemälde, »dieses Gemäuer ist nach dir benannt?«, fragte er erstaunt.

Ein scheues Lächeln huschte um Schochs Mundwinkel. Er nickte. Bescheidener Stolz.

Meurer schnaubte leise.

»Der Turm ist mir nicht unbekannt.« Mit einem ehrfürchtigen Gesichtsausdruck betrachtete Graf Eberhard das alte Gemäuer, schaute nach links, blickte nach rechts und ließ seine Augen über die Decke schweifen. »Hat er mir doch 1312 Schutz vor den Truppen des Reichslandvogts Konrad von Weinsberg geboten.« Er stand auf und ging zur Turmmauer. Andächtig strich er über die rauen, fein behauenen Sandsteine. In vielen von ihnen hatten die

Steinmetze ihre Zeichen gehauen: Kreuze, Leitern, Wolfsangeln, gleichschenkelige Dreiecke, Äxte und viele weitere Signaturen. »Aber sag«, nahm er nach seinem kurzen Exkurs den Faden wieder auf, »warum wurde der Turm gerade nach dir benannt?« Die Augen neugierig auf Schoch gerichtet, kehrte er zu seinem Platz zurück.

Schoch rutschte unruhig auf seinem Stuhl hin und her, als sei es ihm unangenehm, im Mittelpunkt zu stehen. »Ich war der letzte Hochwächter im Turm«, antwortete er schließlich.

»Aber die Zeit, in der vor feindlichen Heeren gewarnt werden musste, war lange vorbei. Was also hattest du als Türmer zu tun?«

Schoch zuckte mit den Schultern. »Ich habe von meinem Türmerstüble aus die Stadt beobachtet. Und wenn ich ein Feuer gesehen habe, mit dem Turmglöckle Alarm geläutet.«

»Das hat gelangt, um dich und dein Weib zu ernähren?«

»Na ja, nebenbei habe ich mir noch ein paar Goldmark als Altmaterialhändler verdient«, erklärte Schoch seinem Gast geduldig.

»Dem Schoch hat damals schon der Respekt vor der Obrigkeit gefehlt«, mischte sich Essich bissig ein. »Der ist mit seinem Leiterwagen und einer Schelle durch das Städtle gezogen. *Lumpen, Alteisen, Papier*, hat er gerufen. Vor dem Rathaus ist er immer stehen geblieben und hat bloß noch *Lumpen, Lumpen, Lumpen* geschrien.« Missbilligend schaute er zu Schoch, der sein halbleeres Weinglas so interessiert betrachtete, als hätte er einen Fisch darin entdeckt.

Wenn Essich Schoch beim Grafen in ein schlechtes Licht hatte rücken wollen, so war dies gründlich danebengegangen. Graf Eberhard setzte seinen Römer ab und lachte schallend. Mit dem Handrücken wischte er sich über die weinbenetzten Lippen. »Schoch, du gefällst mir. Dein Verstand scheint am rechten Platze zu sitzen.« Er richtete seine Aufmerksamkeit auf den Kommerell.

Diesen Moment der Stille nutzte Meurer. Als habe er Angst, übersehen zu werden, platzte er heraus: »Ich bin der Meurer, Johann«, und klopfte sich mit der flachen Hand auf die Brust. »1602 bis 1674. Stiftsschaffner, Stadt- und Kelterschreiber«, fügte er hinzu und reckte die flache Nase in die Luft.

Irritiert wandte Graf Eberhard den Kopf und schaute Meurer an. Zwischen den Augenbrauen des Grafen bildete sich eine tiefe Falte. »Bist du nicht der, über den man sich erzählt, er habe sich wegen Manipulationen vor der Herzoglichen Rentkammer verantworten müssen?«

Meurer zuckte bloß mit den Schultern, als ginge ihn die ganze Sache nichts an. »Man erzählt sich viel Unsinniges über diejenigen, deren Dasein unendlich ist«, antwortete er so gleichgültig, als hätte ihn jemand nach dem Wochentag gefragt.

»Dann hast du also nicht gegen die Herbstordnung verstoßen und deiner Verwandtschaft mehr Traubenmost aufgeschrieben, als beim Pressen aus dem Kelterbaum herausgeflossen ist?«, bohrte Graf Eberhard nach und musterte Meurer misstrauisch.

Meurer schürzte die Lippen und schwieg.

Die Augen des Grafen verengten sich zu Schlitzen. »Und du hast im Gegenzug auch niemals ein Huhn oder andere Naturalien erhalten?«, fragte er leise, mit einem gefährlichen Unterton in der Stimme.

Keine Antwort.

Meurer verharrte mit ausdrucksloser Miene, Essich grinste breit, Schoch und der Kommerell hielten den Atem an.

Graf Eberhard fixierte Meurer eine Zeitlang schweigend, als überlege er, was er nun mit ihm anstellen solle. Unter dem Blick des Grafen wechselte Meurers Gesichtsfarbe ganz langsam von aschfahl ins blutrot. Der Graf lächelte verhalten. Er schien zufrieden.

»Verzeih«, wandte sich Graf Eberhard nun zum zweiten Mal an diesem Abend an den Kommerell. »Nun – wie ist dein Name?«

Der Kommerell lehnte sich zurück und streckte seine langen Beine aus. »Kommerell, Johann David. 1608 bis …« Weiter kam er nicht, denn eine kehlige Hustensalve ließ alle erschrocken herumfahren. Essichs trübe Augen waren hervorgetreten. Tränen rannen über seine Wangen, während er abwechselnd keuchte, hustete und nach Luft japste. Schoch war aufgesprungen und klopfte Essich mit der Faust rhythmisch auf den Rücken, worauf Essich mit seinem Arm immer wieder wütend nach hinten schlug und versuchte, Schoch abzuwehren.

»Bist du des Teufels? Hör auf mit diesem Unsinn oder willst du mich erschlagen?«, keuchte Essich und strafte Schoch mit einem vernichtenden Blick.

Der schüttelte nur den Kopf und schlurfte zurück auf seinen Platz.

Der Kommerell räusperte sich und alle Augenpaare richteten sich wieder auf die hagere Gestalt in der braunen Filzjacke. »Viel gibt es nicht über mich zu berichten.« Er zuckte die Achseln. »Zu Lebzeiten Schultheiß von Ilsfeld, Keller zu Walheim und Geistlicher Verwalter zu Besigheim«, schloss er und widmete sich wieder seinem Wein.

Graf Eberhard nickte anerkennend. »Ein tüchtiger Mann! Ohne Schand und Tadel!« Seine Worte hallten wie Trompetenstöße durch das Gewölbe.

Bei einer solchen Lobeshymne konnte Essich sich nicht mehr zurückhalten. »Wohl nicht so ganz«, spottete er und musterte den Kommerell abschätzig. »Fragt ihn doch einmal, warum er am Sankt Georgstag des Jahres 1656 über Nacht aus allen Ämtern entloffen ist!«, forderte er den Grafen mit einem hinterhältigen Lächeln auf.

Stille.

In all den Jahren, in denen sie am ersten Donnerstag eines jeden Monats zusammengesessen, gelästert, gestritten, sich wieder vertragen und dabei ihre Viertele geschlotzt hatten, in all diesen Jahren hatte keiner von ihnen es jemals gewagt, dieses Thema anzusprechen – und nun war es geschehen.

Graf Eberhard schaute Essich verächtlich an. »Einen schönen Saufkumpanen, den ihr da in eurer Mitte sitzen habt.

Tritt jedem von euch gegen das Bein.« Angewidert schüttelte er den Kopf. »Du machst deinem Ruf alle Ehre, Vogt Essich.«

Gesenkte Köpfe. Betretene Gesichter.

Essich grinste selbstzufrieden.

Neugierig wandte sich der Graf nun an den Kommerell. »Sag, warum bist du damals so plötzlich ausgewichen?«

Langsam hob der Kommerell den Kopf und blickte dem Grafen direkt in die Augen. »Verzeiht mir, Graf Eberhard, wenn ich nicht darüber reden mag«, antwortete er mit fester Stimme, »aber seid versichert – meine Ehre ist mir geblieben.« Wie zur Bekräftigung seiner Worte legte er die rechte Hand auf sein Herz. Damit schien für ihn alles gesagt und er widmete sich wieder dem Fuß seines Römers, den er zwischen Daumen und Zeigefinger hin und her drehte.

Nicht so für Meurer, der zur selben Zeit wie der Kommerell in Besigheim gelebt hatte. »Damals wurde aber was ganz anderes gemunkelt«, schnaubte er.

»Geschwätz. Alles Geschwätz«, winkte der Kommerell ab.

»Dein Glück, dass die Bücher aus dem Stadtarchiv bei den Plünderungen verbrannt sind«, giftete Meurer und wollte noch etwas hinzufügen, als der Graf ihm ins Wort fiel.

»Meurer, du säst Zwietracht.«

Meurer, jetzt ganz in seinem Element, ließ sich nicht aufhalten. Er beugte sich vor, griff über den Tisch und packte den völlig überraschten Kommerell am Handgelenk. »Sag uns, ob es stimmt, was sich die Besigheimer so über dich erzählen«, geiferte er mit funkelnden Augen. Seine Nase zuckte in höchster Erregung.

Der Kommerell war aufgesprungen und sah drohend auf Meurer hinab. »Lass mich los, du Tunichtgut – oder willst du Prügel beziehen?« Sein Gesicht war wutverzerrt. Mit einem Ruck befreite er sich aus Meurers Umklammerung.

Essich grinste und lehnte sich zurück. »Jetzt wird es interessant.« Amüsiert verschränkte er die Arme vor der Brust.

Graf Eberhard beobachtete das Schauspiel mit gerunzelter Stirn. Sein Blick flog wie ein Ping-Pong-Ball zwischen den beiden Streithähnen hin und her – doch er schwieg.

Nun mischte sich Schoch ein, der die Auseinandersetzung starr vor Schreck und mit offenem Mund verfolgt hatte. Seine Stimme zitterte. »Lasst doch die alten Zeiten ruhen. Vorbei ist vorbei«, versuchte er die Wogen zu glätten.

Doch Meurer ließ nicht locker. »In den Büchern steht, du sollst dazu verdammt worden sein, als dienstbarer Geist in deinem Haus umzugehen – im Kommerell´schen Schlößle, wie sie damals alle gesagt haben,« höhnte er und verzog sein Gesicht zu einer Grimasse. »Angeblich hast du den Leuten beim Korn Abladen geholfen und die Säcke unsichtbar nach oben geschafft. Bis sie einmal gerufen haben, du sollst dich zeigen. Das hast du ja wohl auch getan, indem du das Haus angezündet hast.« Er beugte seinen Oberkörper noch weiter nach vorn. »Und jetzt sag uns – haben die Bücher recht?«, zischte er und schlug mit den Fingerknöcheln seiner Faust mehrmals auf den Tisch.

Der Kommerell gab keine Antwort, sondern starrte wie gebannt an Meurer vorbei in die Dunkelheit. Als suche er Unterstützung, schaute Meurer zu Essich hinüber. Der hatte seinen Kopf nach links gewandt und beobachtete mit gerunzelter Stirn irgendetwas hinter Meurers Rücken. Wohl neugierig geworden, warf Meurer einen Blick über die Schulter – und fuhr entsetzt zurück.

Durch das Gemäuer schoben sich blasse Gestalten, die an Helligkeit und Farbe gewannen, je näher sie kamen. Männer und Frauen, Ältere und Jüngere, ja sogar Kinder an der Hand ihrer Mütter – alle drängten sie in das Innere des Turms.

Graf Eberhard erhob sich und ging auf die Eindringlinge zu. »Seid willkommen! Tretet näher.« Er machte eine einladende Armbewegung, doch die Männer und Frauen zögerten. Ihre Gesichter verrieten Unsicherheit und Angst. »Ihr müsst euch nicht fürchten, steht Ihr doch unter meinem Schutze, allhie«, versuchte er die Ankömmlinge zu ermutigen und warf Essich einen warnenden Blick zu.

Essich sprang auf. Abwechselnd schaute er vom Grafen hinüber zu den Männern, Frauen und Kindern. »Was will dies Gesindel in unserer Runde?«, zischte er ungehalten. Mit zusammengezogenen Augenbrauen trat er einen Schritt auf die Ankömmlinge zu und hob drohend die Faust. »Schert euch zum Teufel, sonst mach ich euch Beine!«

Ein Raunen zog sich durch die Menge. Die Besucher wichen zurück und drängten sich wie eingeschüchterte Kinder ängstlich aneinander.

Blitzschnell zog der Graf sein Schwert und stürmte auf Essich zu. »Du wirst keinem mehr Beine machen, Vogt Essich.« Drohend richtete er die Spitze seines Schwerts auf Essichs Brust. »Die Zeit deiner Schreckensherrschaft ist bis zum Morgengrauen endgültig vorbei.«

Nervös schaute Essich auf die blank polierte Klinge und fuhr sich mit der Zungenspitze über die Unterlippe. »Was soll dieses Spektakel«, stieß er entrüstet hervor. »Warum seid Ihr überhaupt hier?«

Der Graf steckte die Waffe zurück in die Schwertscheide, drehte sich um und ging wortlos zu seinem Platz.

Diesen Moment der Ruhe nutzte Meurer, der dem Treiben hinter seinem Rücken geduckt und mit hochgezogenen Schultern regungslos gelauscht hatte. Geschwind sprang er auf, warf sich seinen großen Lederrucksack über die Schulter, schnappte sein Glas und zog seinen Stuhl mit lautem Rattern hinter sich her auf die andere Seite des Tisches. Dort zwängte er sich zwischen Schoch und den Kommerell, die dem Geschehen mit weit aufgerissenen Augen und offenen Mündern folgten.

»Schau sie dir genau an, die, die du Gesindel nennst«, forderte Graf Eberhard Essich eindringlich auf und deutete mit dem Zeigefinger auf die Besucher. »Erkennst du sie wieder – Vogt Essich?«

Essich schwieg und ließ sich mit wutverzerrtem Gesicht zurück auf seinen Stuhl plumpsen. Es schien, als führe er einen inneren Kampf – als fiele es ihm ungeheuer schwer, sich zu beherrschen.

Im Gewölbekeller war es mucksmäuschenstill geworden. Alle starrten Essich fragend an. Doch statt zu antworten, blickte er schmallippig und mit aufgeblähten Nasenflügeln zum Grafen hinüber.

»Wer sind denn nun unsere Besucher?« Die Stimme des Kommerells zerschnitt die Stille. Erwartungsvoll schaute er zwischen Essich und dem Grafen hin und her.

Graf Eberhard ging einen Schritt auf die Besucher zu und machte eine präsentierende Armbewegung. »Darf ich vorstellen«, wie um volle Aufmerksamkeit einzufordern, schaute er den Kommerell, Meurer und Schoch der Reihe nach an. »Die Geschädigten aus der Vogtschaft Essichs!«

»Uih«, entfuhr es dem Kommerell, wohl schwer beeindruckt.

Meurer schlug die Hand vor den immer noch offenstehenden Mund, besann sich jedoch gleich wieder. Als hätte er eben von einer ansteckenden Krankheit der Besucher erfahren, ruckelte er geräuschvoll mit seinem Stuhl so weit nach hinten, bis die Holzlehne gegen die Steinmauer des Turms rumste. Nur Schoch blieb ruhig und begann, mit dem Mittelfinger Strichmännchen und verschieden große Galgen auf den Tisch zu malen.

Zornig und mit hasserfülltem Blick wandte sich Essich an den Grafen. »Warum, zum Teufel, habt Ihr diesen Abschaum gerufen?«, presste er hervor und machte eine abfällige Kopfbewegung in Richtung der Männer, Frauen und Kinder, die die Auseinandersetzung wie die Besucher eines spannenden Theaterstücks mit angehaltenem Atem verfolgten.

Gefährlich langsam schritt der Graf auf Essich zu. Der hob demonstrativ das Kinn und richtete den Oberkörper auf. Seine fahle Gesichtsfarbe war einem ungesunden, beinahe durchsichtigen Aschfahl gewichen. Es sah aus, als würde sich sein Kopf jeden Moment in Luft auflösen.

Graf Eberhard trat hinter Essich und legte seine großen, kräftigen Hände auf dessen breite Schultern. Essich zuckte zusammen und verzog das Gesicht. Ihm war anzusehen, wie unwohl er sich bei dieser Berührung fühlte. »Du irrst«, widersprach der Graf mit sanfter Stimme und einem eigenartigen Lächeln, das seine Augen nicht erreichte. »Nicht ich habe sie gerufen – sie haben mich gerufen.«

Essich wand sich und versuchte, den Händen auf seinen Schultern zu entkommen, doch es gelang ihm nicht. »Niemals!« Überheblich schüttelte er den Kopf.

»Oh doch, Vogt Essich.« Der Ton des Grafen war jetzt messerscharf und seine Finger krallten sich in das feine Garn von Essichs schwarzem Rock. »Sie haben mich gerufen. Als Vertreter der Obrigkeit – um über dich zu richten!«

»Über mich?«, rief Essich belustigt, als habe er sich verhört. »Ihr macht Euch lächerlich!«

Die weichen Gesichtszüge des Grafen verhärteten sich. Sein Blick wurde finster. »Hab Acht, was du sagst, Essich. Zu Lebzeiten hätte ich dir meinen eisernen Handschuh ins

Gesicht geschlagen.« Er nahm seine Hände von Essichs Schultern, trat neben ihn und machte eine Geste, als wolle er ihn rechts und links ohrfeigen.

Erschrocken fuhr Essich zurück. Schoch und der Kommerell grinsten. Meurer japste nach Luft. Einzelne Besucher kicherten leise. Essich knirschte vor Wut mit den Zähnen.

Federnden Schrittes ging der Graf zurück zur anderen Seite des Tisches und klatschte zwei Mal in die Hände. »Lasst uns beginnen!« Seine Worte hallten wie Donnerschläge durch das Gewölbe. Er schaute zu den Besuchern hinüber. »Expeditionsrat Elsässer, tretet vor und reichet mir das Scriptum.«

Ein kleiner, drahtiger Mann mit weißer Perücke und graubraunen, wachen Augen trat aus der ersten Reihe hervor. Zu einem weißen, kragenlosen Hemd trug er wie Essich Weste und Rock. Eine dunkelfarbene Hose bedeckte die Beine bis knapp unter die Knie, wo sie von jeweils einem Band zusammengehalten wurde. Weiße Strümpfe aus grobem Gestrick umhüllten die stämmigen Unterschenkel. Seine auffallend langen, kräftigen Finger umklammerten eine honigfarbene Pergamentrolle.

Noch bevor der Expeditionsrat das Schriftstück übergeben konnte, wandte sich der Graf an Essich. »Vogt Essich«, er neigte den Kopf leicht zur Seite und zeigte mit dem Finger auf den Beamten, der breitbeinig und mit vor dem Körper aufeinandergelegten Händen dastand und mürrisch zu Essich hinüber blickte. »Du erinnerst dich sicherlich an den Expeditionsrat aus der herzoglichen Untersuchungskommission, die dich im Oktober 1755 auf Befehl meines Nachfahren, Herzog Karl Eugen, von all deinen Ämtern enthoben ...«

»... und der mich sechs Jahre später ein zweites Mal in den Landesdienst nach Besigheim berufen hat«, fiel Essich ihm ins Wort. Selbstzufrieden lehnte er sich auf seinem Stuhl zurück – die Hände hinter dem Kopf verschränkt und ein breites Grinsen im Gesicht.

Schweigend drehte sich Graf Eberhard zu Expeditionsrat Elsässer. Steif, wie ein englischer Butler, ging Elsässer einen Schritt auf den Grafen zu, deutete eine Verbeugung an und übergab das Schriftstück. Ohne abzuwarten, kehrte er auf dem Absatz um und schritt zurück in die erste Reihe.

Graf Eberhard seufzte und bedachte Essich mit einem traurigen Blick. »Du warst in der Tat ein tüchtiger und fähiger Beamter«, bemerkte er anerkennend. Geschickt entrollte er das Pergament und überflog den Inhalt mit gerunzelter Stirn. Dann richtete er seine Aufmerksamkeit wieder auf Essich, dessen breites Grinsen einem herablassenden Lächeln gewichen war. »Hattest einen liederlich verdorbenen und schlecht bestellten Amtsbezirk übernommen und selbigen in recht guten Stand gesetzt.« Seine Stimme wurde frostig. »Deine Amtsführung jedoch war in hohem Maße geprägt von Eigennutz, Machtmissbrauch und nicht zuletzt von großen Gewalttätigkeiten.« Erneut warf er einen Blick auf das Schriftstück und schüttelte verärgert den Kopf. »Die Liste deiner Verfehlungen, für die du verurteilt wurdest, ist länger als zehn Fuß. Zeugnis darüber geben dicke Aktenstöße im Staatsarchiv unserer Landeshauptstadt.« Er schürzte die Lippen und fügte beiläufig hinzu: »Für den Bürger von heute, der des Lesens mächtig ist, von zwei kundigen Chronisten zusammengetragen und aufgezeichnet im Scriptum *Besigheimer Geschichtsblätter 25*.«

Nun verschränkte Essich die Arme vor der Brust. »Warum bringt Ihr die alten Lappalien nach über zweieinhalb Jahrhunderten noch einmal auf den Tisch? Die Petitessen aus jenen Tagen waren längst geklärt.«

Der Graf zog eine Augenbraue hoch. »Petitessen nennst du deine Taten? Du hast städtische Unterlagen, die dich belasteten, verschwinden lassen, im großen Stile herrschaftliche Baumaterialien für private Zwecke verwendet, fällige Abgaben von deinen Weinbergen und Äckern vergessen an die Herrschaft zu entrichten, et cetera, et cetera, et cetera.« Eindringlich sah er Essich an. »Sehen so Lappalien aus?«

Essich schnaubte nur verächtlich und drehte den Kopf zur Seite.

»Für deine Vergehen gegenüber der Obrigkeit bist du bestraft worden, musstest sogar 1.020 Gulden an die Rentkammer abgelten. Die Geschädigten aus dem Volke aber haben nie auch nur einen Gulden von dir zurückbekommen. Zudem blieben viele deiner Schandtaten im Stillen, weil sich so mancher vor deiner Willkür und deiner Gewalt gar schrecklich fürchtete.« Graf Eberhard schaute zu den Geschädigten hinüber. Seine Miene verriet Bedauern. »Sie haben ihren Kummer und Groll mit ins Grab genommen und nie zur Ruhe gefunden. Heute nun soll ihnen Gerechtigkeit widerfahren – aus diesem Grunde sind wir versammelt, allhie«, schloss er.

Essich sprang auf. Sein Stuhl kippte nach hinten. Holz knallte auf Stein. Mit wutverzerrtem Gesicht fegte er seinen noch halb gefüllten Römer vom Tisch. Glas klirrte. Meurer fluchte. Wein lief in kleinen, roten Rinnsalen über seine Wangen und tropfte auf Hemd und Weste.

»Du hinterhältiger Nichtsnutz!«, fauchte Essich, hob die Fäuste und ging auf Schoch zu. Der schaute Essich an wie ein Schaf. »Hast gewiss von der Verschwörung hier gewusst und mich blindlings …«

»Es langt, Vogt Essich!«, rief der Graf schroff dazwischen. »Lass ab von deinem Gastgeber und schelte nicht andere, du, der du selbst genug auf dem Kerbholz hast.«

Unschlüssig, als überlege er, ob er dem Befehl des Grafen Folge leisten solle, starrte Essich den vor Schreck tief erbleichten Schoch mit blutunterlaufenen Augen an. Dann ließ er die Fäuste sinken, bückte sich und stellte seinen umgekippten Stuhl wieder auf die Beine. Bevor er sich setzte, bedachte er Schoch noch mit einem bitterbösen Blick.

Indessen kramte Meurer in seinem Rucksack und beförderte einen weiteren Römer zutage. Anscheinend fühlte er sich nicht nur für die Beschaffung des edlen Rebsafts zuständig. Besudelt, wie er war, hastete er zu seinen Stammtischbrüdern hinüber, befüllte das Glas und stellte es mit säuerlicher Miene vor Essich auf den Tisch. Seine Nase zuckte, als er zurück zur Turmwand huschte.

Essich reckte sein scharfkantiges Kinn und schaute den Grafen provozierend an. »Was werft Ihr mir noch vor, das nicht schon beglichen war?«

Der Graf stellte einen Fuß auf die Sitzfläche seines Stuhls. »Du warst deines Amtes nicht würdig, Vogt Essich.« Geräuschvoll atmete er ein und konzentrierte sich auf den Inhalt seines Schriftstücks. »Hast dich lieber im Gasthaus zur Sonne rumgetrieben und dich vom Landauer bewirten lassen, statt dem Gottesdienst beizuwohnen.«

»Geschwätz!«, zischte Essich und vollführte eine wegwerfende Handbewegung.

Der Graf schaute auf. »Soll ich die Zeugen hervortreten lassen?«

Essich knurrte und machte eine abfällige Kopfbewegung zu den Besuchern hinüber. »Wer glaubt schon diesem Lumpenpack?«

Unbeirrt zählte der Graf weiter auf: »Dein Weib sollst du unerlaubt hart und übel behandelt haben.«

»Lügen!«, protestierte Essich.

»Halbe Nächte lang bist du in den Gassen herumgelaufen und hast visitiert, ob die Weibspersonen im Städtle ihre Haustüren geschlossen haben. Hast versucht, ihnen auf übelste Weise nachzustellen. Alldort«, er deutete auf die Männer, Frauen und Kinder, »alldort stehen Besigheimer, die dein Tun beobachtet haben.«

»Verleumdungen!«, setzte sich Essich gegen die Anschuldigungen zornig zur Wehr.

»So, so – Verleumdungen«, murmelte der Graf grimmig und schaute wieder in sein Schriftstück. »Es steht auch geschrieben, du seist bei der Hochzeit der Tochter des Diakons Balthasar im Karnevalskleid gleichsam narrisch zum Tanz im Rathaus erschienen.« Er blickte auf und räusperte sich. »Selbst vor dem Tod«, kurz hielt er inne. »Selbst vor dem Tod fehlte dir jeglicher Respekt, denn als man dich zu Grabe trug, sollst du vom Fenster deines Hauses aus deinem eigenen Leichenzug nachgeschaut haben – mit der Zipfelmütze auf dem Haupt.«

Ein Raunen ging durch die Menge. Schoch, Meurer und der Kommerell starrten Essich ungläubig an.

»Und nun frage ich dich: Benimmt sich so ein ehrenwerter Vogt?«, beendete der Graf seine Ausführungen.

Essich lächelte blasiert. »Ich hatte mir zu jener Zeit nichts vorzuwerfen und heute, Jahrhunderte später, gleich zweimal nicht. Also lasst mich in Ruhe und geht zurück nach dort, woher Ihr gekommen seid.«

Alle hielten den Atem an. Entsetzte Augenpaare wanderten von Essich zum Grafen.

Der seufzte tief. »Dickfellige Sturheit gepaart mit arroganter Dummheit. Du willst es nicht anders, Vogt Essich.« Entschlossen rollte er das Pergament zusammen und nahm den Fuß vom Stuhl. »Also lassen wir die Geschädigten selbst zu Wort kommen. Danach werde ich entscheiden, was mit dir geschehen soll.«

Essichs Mundwinkel zuckte. »Ihr vergesst – wir weilen alle nicht mehr in der Welt der Lebenden. Ihr könnt mir gar nichts!«, blaffte er herablassend.

Graf Eberhard lachte süffisant. »Da irrst du gewaltig! In der Welt, in der wir nun weilen, ist es mir durchaus gestattet, Gerichtsgewalt auszuüben und Strafen zu verhängen.« Er drehte sich zu den Besuchern. »Und nun – trete vor, Rosina Knoll aus Walheim, und erzähle uns, was dir widerfahren ist.«

Eine Frau mit schmalem Gesicht und weißer Haube, deren Bänder unter dem Kinn zu einer Schleife gebunden waren, bahnte sich den Weg durch die Menge. Sie trug ein braunes, sackartiges, bis zu den Ellenbogen hochge-krempeltes Hemd und einen knöchellangen, dunkelbraunen Rock, darüber eine lange, weiße Schürze. Die Angst stand ihr ins Gesicht geschrieben. Unsicher sah sie zuerst zu Essich, dann zum Grafen. Der ermutigte sie mit einem freundlichen Kopfnicken.

Nervös strich sich Rosina Knoll eine dunkelblonde Haarsträhne aus dem Gesicht. Ihre dünne Stimme zitterte, als sie zu sprechen begann: »Mein Angetrauter hatte vor, mit seiner Familie dem Rufe Eures habsburgischen Verwandten nach Osten zu folgen und in das neue fruchtbare Land Ungarn zu emigrieren. Unser Bürgerrecht war aufgekündigt und auch schon das Meiste, was wir nicht mitnehmen konnten, verkauft. Da wandte sich der Herrgott von uns ab. Mein Gatte erkrankte und verstarb binnen weniger Tage.« Sie schniefte und wischte sich mit dem Handrücken eine Träne von der Wange. »Stellt Euch meine Verzweiflung vor. Eine junge Witwe mit vier Kindern ohne Heim und ohne Bleiberecht. Das Wenige, was ich noch hatte, schmolz dahin wie die Butter in der Sonne. Ohne Gatte nach Ungarn zu ziehen war mir unmöglich und ohne Bürgerrecht in Walheim zu verbleiben war mir nicht gestattet. Also nahm ich all meinen Mut zusammen, zog mein bestes Gewand an und ging nach Besigheim in die Vogtei.« Sie hielt inne und biss sich auf die Unterlippe. »Dort bat ich dann darum, mir das Bürgerrecht zurückzugeben und mir den weiteren Aufenthalt in meinem geliebten Walheim zu gestatten. Ich war doch noch jung, ich konnte arbeiten und die Kinder, alles Buben, stellten sich geschickt an. Aus ihnen würden fleißige und geschickte Handwerker werden – so wie es ihr Vater gewesen war. Zudem waren mein verstorbener Mann und auch ich im Flecken familiär fest verwurzelt. Wir wären der Armenkasse nie zur Last gefallen.« Ein tiefer Seufzer unterbrach ihren Redefluss. »Aber kaum hatte ich mein Anliegen dem Vogt vorgetragen, da warf er mich eigenhändig aus der Amtsstube und brüllte hinter mir her, seine Vogtei sei doch kein Taubenschlag. Wer einmal hinfort wolle, der solle gehen und ja nie wieder kommen. Voller Sorge machte ich mich danach auf den Heimweg. Ich haderte mit mir und zweifelte an unserem Herrgott, der so viel Unglück über meine Familie gebracht hatte. Als ich wieder in Walheim angekommen war, sah mich unsere Nachbarin in meinem Unglück und rief mich zu sich auf den Hof. Ihr Mann, der vor der Scheuer im Schatten saß und Weidenkörbe ausbesserte, gesellte sich zu uns.

Von ihm erfuhr ich, dass er und viele andere Wengerter schon oft die Willkür und Habgier des Vogtes bedient hatten, damit sie seine Zustimmung für den Kauf von Äckern bekommen konnten. Wer dem verhassten Vogt nicht mindestens 10 Gulden über den Tisch schiebe, der werde abgewiesen, gab er mir hinter vorgehaltener Hand zu verstehen.«

Einige der Besucher nickten heftig oder warfen sich wissende Blicke zu.

»Mit der Obrigkeit hatte ich ja – Gott bewahre – nie zu tun gehabt, und so war mir die Gabe von Schmieralien unbekannt gewesen. Ich kratzte das Wenige zusammen, das mir geblieben war. Es reichte nicht aus. Zum Glück hatte ich in Walheim viele Verwandte und mir gut gesonnene Bekannte, bei denen ich mir den Rest zusammenbettelte.

An einem der nächsten Tage brachte ich 10 Gulden zum Vogt und ich bekam noch in derselben Stund mein Bürgerrecht zurück.« Erschöpft wischte sich Rosina Knoll mit dem Handrücken über die feuchte Stirn und sah scheu zum Grafen.

Der nickte ihr zufrieden zu und wandte sich dann an Essich. »Wie gedenkst du, deine Ehre wieder herzustellen?«

Essich schnaubte. »Wieso sollte ich meine Ehre wiederherstellen wollen? Ich habe sie nie verloren.«

»Bei dir sind Hopfen und Malz verloren«, resigniert wandte sich der Graf ab und schritt auf Rosina Knoll zu. Drei Fuß weit von ihr entfernt blieb er stehen. »Dir sei gedankt für deinen Mut zu erscheinen, allhie.« Er nickte majestätisch.

Ihre eben noch scheue Miene wich einem Ausdruck der Erleichterung. Hastig raffte sie ihren Rock und knickste unterwürfig. Dann verschwand sie eilig in der Menge.

»Wir wurden vom Vogt sogar erpresst!«, tönte eine sonore Männerstimme.

Alle Anwesenden drehten neugierig die Köpfe. Essich schaute böse zu den Besuchern hinüber.

»Wer immer du bist – erzähl auch du uns deine Geschichte«, antwortete der Graf mit einer auffordernden Geste.

Zwei Männer mit schwarzen, breitrandigen Schlapphüten drängten sich nach vorn. Einer war groß und massig, der andere klein und schmächtig. Beide trugen weiße, kragenlose Hemden und schwarze, dreiteilige Anzüge aus Samt. An den tief ausgeschnittenen Westen und den bis zu den Beinansätzen reichenden Röcken schimmerten Knöpfe aus Perlmutt. Die Hosen erweiterten sich nach unten und endeten mit breitem Schlag. Der größere von ihnen ergriff das Wort. »Wir sind die Zimmersleut Koch«, er deutete mit seinem fleischigen Daumen auf den Mann neben sich. »Und Mack«, ergänzte er und zeigte auf sich.

»Welche Pein musstet Ihr erdulden?«, wollte Graf Eberhard wissen und musterte die beiden.

Koch blickte zu Mack hinauf. »Willst du?« Für einen Mann klang seine Stimme ungewöhnlich hoch.

»Mach du«, brummte der nur und steckte die Hände in die Hosentaschen.

Koch strich sich mit den Handflächen mehrmals über die Oberschenkel, als wolle er sich die Hände trocken reiben, und räusperte sich. »Im Frühsommer 1754 erhielten wir vom herzoglichen Baumeister Groß den Auftrag, die Floßgassen in Besigheim und Hessigheim zurück in guten Stand zu versetzen. Selbige waren nämlich durch die Flößerei und die Hochwasser der vorangegangenen Jahre arg in Mitleidenschaft gezogen worden«, berichtete er hektisch und warf Essich immer wieder einen Seitenblick zu. »Natürlich waren wir hocherfreut über den umfangreichen Auftrag, der uns über viele Wochen beschäftigen würde. Nachdem der reitende Bote des herzoglichen Baumeisters unsere Zimmerei in Besigheim wieder verlassen hatte, sind wir sogleich zur hiesigen Floßgasse gelaufen«, er deutete mit dem Daumen über seine Schulter nach hinten, »um den genauen Umfang der Arbeiten in Augenschein zu nehmen. Selbiges haben wir am nächsten Tag auch in Hessigheim getan. Es gab viel zu planen und zu organisieren. Für die Arbeiten brauchten wir Fuhrleute. Der Einsatz von Fronarbeitern musste vorbereitet werden und auch Schmied und Maurer sollten uns zur Hand gehen. Das heutige Volk würde es schon eine kleine Großbaustelle nennen.« Kurz schaute er zu Mack hoch, als erwarte er von ihm eine Bestätigung. Doch der blickte nur stoisch geradeaus. »Über Wochen hatten wir die Arbeit für jede Menge Handwerker und anzulernende Fröner zu vergeben. Allein für das heranzuschaffende Baumaterial, natürlich im Wesentlichen Holz, waren mehr als 700 Gulden zu zahlen.« Erneut fuhr er sich mit den Handflächen über die

Oberschenkel. »Nachdem wir uns mit den anderen Besigheimer Handwerkern abgestimmt hatten, wie und wann sie uns helfen, besprachen wir uns mit Hubert Holzmiller von der Sägemühle wegen der Zuschnitte. Dann kamen wir nicht mehr umhin, die Vogtei aufzusuchen und ...«

»Warum musstet ihr zur Vogtei?«, unterbrach ihn der Graf.

Der Zimmermann runzelte die Stirn. »Wir mussten doch Fuhr- und Spanndienste und Fröner für einfache Arbeiten dort anfordern«, beantwortete er die Frage des Grafen. »Uns war recht bang zu Mute. Ihr müsst Euch vorstellen, Graf Eberhard, zur damaligen Zeit liefen weder Bauersleut noch Handwerksleut freiwillig zur Verwaltung – zu groß war die Angst vor Repressalien. Je nach Laune des Vogtes waren nämlich Hiebe vom Stadtknecht, der eigenhändige Rauswurf seitens des so ehrwürdigen Vogtes Essich oder gar mehrere Nächte im Bürgerturm durchaus üblich.«

»Du verdammter Lügner! Glaubt ihm kein Wort!«, brüllte Essich erbost.

Der schmächtige Zimmermann schien in sich zusammenzufallen. Kreidebleich und mit hilfesuchendem Blick schaute er wieder zu Mack hoch, der dastand, wie ein mächtiger Baum und den Eindruck erweckte, als könne ihn nichts erschüttern.

»Koch hat schon Recht«, ergriff er nun das Wort und zog die Hände aus den Hosentaschen. »Der Vogt hat sich benommen, als ob Stadt und Amt ihm gehörten. Wir, Eure Untergebenen, waren für ihn nur Rechtlose, deren einziger

Lebenszweck darin zu bestehen schien, von ihm ausgenutzt und ausgenommen zu werden. Wir wussten, dass wir nicht mit leeren Händen zur Verwaltung gehen durften. Ohne die Zahlung von Schmieralien war jedenfalls keinerlei Amtshandlung vom vermaledeiten Vogt zu erwarten. Und so kam es denn auch. Angeblich war ihm nicht kundgetan worden, dass wir einen Auftrag vom herzoglichen Baumeister Groß erhalten hatten. Unser mitgebrachtes Papier mit herzoglichem Siegel fegte er ungeöffnet vom Tisch und beschimpfte uns als Beutelschneider und Lumpen. Wir haben ihn dann ganz vorsichtig auf das am Boden liegende Dokument hingewiesen. Das hätten wir besser bleiben lassen sollen. Betrüger hat er uns geschimpft, die sich auf Kosten der Rentkammer bereichern und das Holz für eigene Zwecke verwenden wollten. Als er dann nach dem Büttel rief, um uns unter Hieben mit der Rute aus der Stadt jagen zu lassen, boten wir an, kostenlos ein Wengerthäuschen für ihn zu zimmern. Sogleich schickte er den hinter uns stehenden Büttel nach draußen. Dann wollte er wissen, welche Unterstützung wir von der Vogtei bei der Ausführung des herzoglichen Bauvorhabens benötigten. Als wir auf den Ankauf des Baumaterials zu sprechen kamen, verzog er das Gesicht. Die Bezahlung des Holzes sei ihm nicht möglich. Er habe weder von der Rentkammer noch vom herzoglichen Baumeister eine Anweisung bekommen und nicht vor, in der Residenz nachzufragen. Sodann zerriss er das Papier, das er vom Boden aufgehoben hatte. Hätten wir einen Auftrag vom Baumeister, so würde er uns sicher auch die nötigen Mittel zu

Verfügung stellen, hat er gemeint und dabei recht hinterhältig gegrinst. Als alteingesessene Zimmersleut wussten wir, was wir nun zu tun hatten. Wie Ihr den Untersuchungsakten entnehmen könnt, haben wir dem Vogt 25 Gulden als Recompenz über den Tisch geschoben und uns damit seine Unterstützung erkauft. Ihr könnt Euch sicherlich vorstellen ...«, sagte Mack gerade, als es hoch droben laut zu zischen begann.

Alle starrten an die Decke. Dichter, weiß funkelnder Nebel quoll durch das alte, schon leicht angerostete Gitter im Scheitelpunkt des Gewölbes neun Meter über ihren Köpfen. Staub rieselte wie Schnee herab. Koch und Mack hasteten zurück in den Schutz der Menge. Graf Eberhard wich aus und trat zwei Schritte nach rechts. Der Kommerell schnappte nach seinem Römer und ruckte mit dem Stuhl etwas nach hinten. Schoch legte flink die rechte Hand über sein Glas. Essich starrte ungläubig auf die dunklen Staubflocken in seinem ziegelroten Wein, bevor er ihn mit angewidertem Gesichtsausdruck schwungvoll über seine Schulter auskippte. Nur Meurer, der sich schon vor einer ganzen Weile bis zur Turmwand zurückgezogen hatte, kicherte leise. Dann nahm er einen kräftigen Schluck und blickte wieder nach oben.

Unaufhörlich quoll weißer, funkelnder Nebel durch das Gitter. Schwaden waberten nach unten, manche blieben weiß, andere verfärbten sich, wurden gelblich, bräunlich oder schwarz. Schließlich formten sie sich zu einer Gestalt, die polternd neben Essich aufschlug.

Der Vogt sprang auf und wich einen Schritt zur Seite. Seine Miene verriet eine Mischung aus Furcht und Empörung.

»Es hat etwas gedauert, das richtige Gewölbe zu finden – doch nun bin ich hier«, keuchte der Ankömmling und blinzelte entschuldigend zum Grafen. Dann drehte sich der Mann mit dem dunklen, nach vorn spitz zulaufenden Hut und dem verfilzten, unförmigen Wollmantel zu Essich und stemmte die Hände in die Hüften. »Kennt Ihr mich noch, mein Vogt?«

Der wischte sich gerade recht theatralisch den Staub von den Ärmeln seines Rocks und schenkte dem Unbekannten nur einen herablassenden Blick.

»Dachte ich mir«, kommentierte dieser Essichs Reaktion und schnaubte. »Wir waren für Euch doch nur Gesindel, gerade gut genug als Fröner, die Euere Launen stillschweigend zu ertragen hatten.«

Bevor er weiterschimpfen konnte, mischte sich der Graf ein. »Willst du uns nicht deinen Namen kundtun!« Seine Frage klang wie eine Aufforderung.

»Oh, verzeiht meine Nachlässigkeit – ich bin der Schmid, Conrad. Seinerzeit einer von vier Besigheimer Fergen.«

Die Besucher horchten auf. Von ganz hinten war ein erstauntes »Oh« zu vernehmen; in der ersten Reihe tuschelten aufgeregt zwei Frauen.

»Nun gut, du wirst der Letzte sein, den wir anhören. Danach werde ich das Urteil sprechen«, beschloss Graf Eberhard und sah Essich durchdringend an.

Doch der schwieg und taxierte Schmid, der ihm nur eine Stuhlbreite entfernt gegenüberstand, misstrauisch und mit zusammengezogenen Augenbrauen.

»Mir ist der ungebührliche Vorfall, der dich so erzürnt hat, wohlbekannt. Doch komm an meine Seite und berichte auch den anderen, was sich damals zugetragen hat«, forderte der Graf Schmid auf.

Leicht vornübergebeugt schlurfte der Ferge um den Tisch und stellte sich neben den Grafen. Kaum war Schmid außer Reichweite, ließ sich Essich schwerfällig auf seinen Stuhl fallen. Die Ereignisse des Abends schienen ihm wahrlich zuzusetzen.

Schmid kratzte sich am Hinterkopf und seufzte. »Wir Fergen mussten vieles über uns ergehen lassen«, begann er zu erzählen. »Nicht genug damit, dass der Vogt niemals für die Überfahrt bezahlte und uns so im Laufe der Jahre ein immenser Verdienst durch die Lappen ging – nein, er hat uns noch weitaus übler mitgespielt.« Auf seiner Stirn erschienen tiefe Falten. »Es war ein lauer Abend im Jahre des Herrn 1752. Wir Fergen saßen am Fuße des Neckartors. Weil tagsüber viel Volk unterwegs gewesen war, hatten wir etliche Male mit unserer Fähre über den Neckar gesetzt und trotz des Glockenschlages, der uns angezeigt hat, dass das Tagwerk vollbracht war, noch eine gute Stunde länger den Fährdienst aufrechterhalten. Erst als niemand mehr kam und die Schatten schon länger geworden waren, zogen wir zum Tor um dort unseren Tagesverdienst zu teilen. Stellt Euch unseren Schrecken vor, als plötzlich der Vogt am jenseitigen

Ufer auftauchte und laut nach uns rief. Nun, mit dem Vogt war nicht gut Kirschen essen.« Schmid schaute kurz zu Essich hinüber. Wenn Blicke töten könnten, wäre der Vogt jetzt tot vom Stuhl gekippt. »Jedenfalls eilten Strobel und Allinger sofort zurück zum Ufer, um Vogt Essich über den Fluss zu holen. Doch von Dankbarkeit keine Spur. Erst hat er die beiden während der Überfahrt und auch auf dem Weg zum Neckartor als Spitzbuben beschimpft und uns dann alle vier für den nächsten Tag in die Vogtei bestellt. Dort warf er uns vor, wir wären Faulenzer und hätten den Fährdienst am Abend zuvor viel zu früh eingestellt. Ohne uns anzuhören, wurden wir für die Nacht in den Bürgerturm gesprochen.« Erneut kratzte er sich am Hinterkopf. Vielleicht aus Nervosität, vielleicht aber auch, weil sich Flöhe in seinem vollen, schulterlangen Haar besonders wohl fühlten.

»Das war aber nicht dein ganzes Leid«, bemerkte Graf Eberhard, der dem Fergen aufmerksam zugehört hatte.

Schmid schüttelte den Kopf. »Als kleines Kind war ich beim Spielen in einen Brunnen gestürzt und erst nach zwei Tagen gefunden worden.« Seiner Stimme war anzuhören, wie schwer es ihm fiel, darüber zu reden. »Für den Rest meines Lebens überfiel mich jedes Mal Panik, wenn ich nur in die Nähe eines Erdlochs oder eines engen Raums ohne Fensterlöcher kam. Allein die Vorstellung an eine Nacht im Turm schnürte mir die Kehle zu und ich dachte, ich müsste ersticken. Nicht schön, sage ich Euch, nicht schön«, stammelte er leise und schüttelte den Kopf.

Beruhigend legte ihm der Graf seine Hand auf die Schulter, doch Schmid drehte sich weg und schlurfte langsam auf Essich zu. »Als wir von Euch in den Bürgerturm gesprochen wurden, habe ich Euch in meiner Verzweiflung von meiner Angst erzählt.« Drohend baute er sich vor Essich auf. »Doch Ihr habt nur schallend gelacht. Sogar meinen Tagesverdienst wollte ich Euch überlassen, um Euch milde zu stimmen. Sonst wart Ihr immer sehr darauf bedacht gewesen, unsere Münzen in Eurer Privatschatulle verschwinden zu lassen – aber an jenem Tag wolltet Ihr mich leiden sehen.« Während er redete, wurde seine Stimme deutlich lauter. »Die drei anderen habt Ihr in den Bürgerturm gesteckt – mich aber aus reiner Bosheit in den Diebsturm gesprochen!«, wütend stampfte er mit dem Fuß auf. »Ich wär dort vor Angst beinahe verreckt!« Wild fuchtelte er mit den Fäusten vor Essichs Gesicht herum.

Der Vogt versuchte, die stämmigen Handgelenke des Fergen zu packen – doch der wich ihm immer wieder geschickt aus. »Ruft diesen Besessenen endlich zur Ordnung!«, keuchte Essich. »Ich hätte diesen Strohkopf im Turm verrotten lassen sollen!«, presste er mit zusammengebissenen Zähnen hervor.

»Genug, Ferge Schmid! Du wirst deine Genugtuung noch bekommen.« Mit diesen Worten beendete der Graf, der nicht so aussah, als wolle er sich schützend vor Essich stellen, das Treiben.

Finster zeigte Schmid dem Vogt noch einmal die Faust, machte kehrt und schlurfte zurück zum Grafen.

Essich platzte der Kragen. Sein massiger Körper schnellte wie eine Feder nach oben. »Was soll dieses Kaschberletheater? Ihr wisst wohl alle nicht mehr, wen ihr vor euch habt!« Sein Gesicht glänzte blutrot. »Meine Geduld ist zu Ende – ich gehe!«

»Du wirst nirgendwo hingehen, Vogt Essich.« Der Graf umfasste den Griff seines Schwerts, ließ es aber in der Scheide stecken. »Oder muss ich dich zum Bleiben zwingen?«

Essich schnappte zuerst nach Luft – dann schluckte er schwer. Es sah so aus, als habe er das, was er eben hatte sagen wollen, verschluckt. Grollend und mit missbilligender Miene ließ er sich wieder auf seinen Stuhl fallen.

Hier und da waren erleichterte Seufzer zu hören. Meurer, Schoch und der Kommerell hockten wachsbleich und wie versteinert auf ihren Stühlen.

»Nun erzähl deine Geschichte zu Ende, Ferge Schmid«, forderte Graf Eberhard den Fährmann auf.

Der kratzte sich erneut am Hinterkopf. »Damals im Turm hatte ich nicht nur mit meiner Panik zu kämpfen – auch hab ich mir große Sorgen um mein angetrautes Weib gemacht«, nahm er den Faden wieder auf. »Sie war eine Schönheit und der Vogt hatte ihr schon oft nachgestellt. Nun musste ich sie schutzlos über Nacht alleine lassen. Während ich im Verlies des Diebsturms unter Höllenqualen die Nacht verbrachte und mich nicht nur der hungrigen Ratten erwehren musste, klopfte der Vogt an die Tür unseres Häuschens und erzwang sich Einlass. Viel Leid hat er uns in dieser Nacht angetan.« Schmid schlug die Hände vors Gesicht und atmete mehrmals kräftig durch. »Fortan kreisten all meine Gedanken nur noch darum, den verhassten Vogt in die Hölle zu schicken.«

Graf Eberhard sah ihn streng an. »Was dir ja auch beinahe gelungen wäre.«

Der Ferge nahm die Hände vom Gesicht und kaute auf seiner Unterlippe. Es schien, als wäge er ab, ob er weitersprechen oder lieber still sein solle.

Alle hielten den Atem an. Essich richtete sich kerzengerade auf.

»Deine Bestrafung oblag den irdischen Gerichten. Sei versichert – von mir hast du nichts mehr zu befürchten, allhie«, versprach der Graf, der wohl ahnte, was dem Fergen durch den Kopf ging. Aufmunternd klopfte er Schmid auf die Schulter. »Also – sprich!«

Im Gewölbekeller war es mucksmäuschenstill. Die Luft brannte.

Schmid kratzte sich wieder am Hinterkopf und schielte zu Essich hinüber, der den Fergen mit verkniffenem Mund und zusammengezogenen Augenbrauen beobachtete. »Der Hass auf den Vogt zerfraß mich und meine Seele schrie nach Gerechtigkeit. Ich wusste weder ein noch aus. Dann kam dieser nebelverhangene Herbsttag im Jahre des Herrn 1755. Unser Vogt weilte in Walheim und würde, wenn der Tag zur Neige ging, entlang der Enz nach Besigheim zurück spazieren. Das wusste ich, denn die Gewohnheiten des Vogtes waren uns Besigheimern gut bekannt. Auf einmal war mir klar, was ich zu tun hatte. Ich folgte einfach meiner inneren Stimme. Unter einem Vorwand verließ ich am

Nachmittag die Fähre, schlich mich an der Enz entlang und versteckte mich hinter einem Rebstock am Fuße des Niedernbergs. Der Rest ist schnell erzählt.« Hastig bekreuzigte er sich und sprach dann weiter. »Als der verhasste Vogt an mir vorüberschritt, warf ich einen faustgroßen Stein, der ihn zwar zu Fall brachte, aber nicht in die Hölle, wo er hingehörte. Danach ward mir etwas leichter ums Herz, doch zufrieden war ich nicht. Am nächsten Tag erschien der Vogt wieder in der Vogtei und trieb sein Unwesen weiter. Es gab keine Untersuchung durch die Obrigkeit und auch ich schwieg wie ein Grab. Mein Weib und meine Kinder erfuhren nie, was ich getan hatte. Erst viele Jahre später, auf dem Sterbebett, vertraute ich dem Pfarrer meine Missetat an, um meine Seele vor dem Fegefeuer zu retten.«

»Du Sohn des Teufels«, zischte Essich kreidebleich. »Dein Vogt, auf dem Rückweg aus Walheim im Nebel von Weg abgekommen, auf einem Stein aufgeschlagen, ohnmächtig in die Enz gefallen und dann ersoffen – niemals hätte der Magistrat der Stadt einen Mörder gesucht!« Flüsternd, als spräche er nur zu sich selbst, setzte er noch hinzu: »Du hättest im Turm krepieren sollen.«

Die Geschädigten starrten ihn fassungslos an. Der Kommerell blies die Backen auf und ließ die Luft geräuschvoll entweichen. Meurers Nase zuckte rhythmisch. Schoch bedachte den Vogt mit einem schockierten Blick.

Mit ausdrucksloser Miene wandte sich der Graf dem Fährmann zu. Der schien nun recht nervös und verlagerte sein Gewicht immer wieder von einem Fuß auf den anderen.

»Ferge Schmid«, in der Stimme des Grafen lag Tadel, »dein damaliges Tun ist verabscheuungswürdig, doch habe ich dir mein Wort gegeben, keine Strafe gegen dich auszusprechen, allhie.«

Schmid atmete hörbar aus.

»Auch dir sei gedankt für dein Erscheinen«, fuhr der Graf fort. »Gesell dich zu den anderen oder geh, wenn du die Dunkelheit und Enge des Turms nicht erträgst.« Mit diesen Worten entließ er den zappeligen Fergen.

»Ich bleibe. Euer Urteil über den Vogt will ich mir nicht entgehen lassen.« Schmid schielte nochmals finster zu Essich. Dann schlurfte er zu den Besuchern hinüber und drängte sich zwischen Expeditionsrat Elsässer und einem halbwüchsigen Kind in die erste Reihe, was ihm einen giftigen Blick von Elsässer eintrug.

»Und nun zu dir«, nahm der Graf den Vogt ins Visier. »Für vielerlei Frevel sowohl gegenüber dem Hause Württemberg als auch gegenüber Stadt und Amt hat man dich zu Lebzeiten gestraft. Aber deine Missetaten am einfachen Volk blieben ungesühnt. Nun sind die Geschädigten an mich herangetreten und haben mich gebeten auch ihnen Gerechtigkeit widerfahren zu lassen. Sie, die von den Vertretern der Obrigkeit nie beachtet wurden.« Noch einmal entrollte er das Schriftstück, das er die ganze Zeit über mal in seiner rechten, dann wieder in seiner linken Hand gehalten hatte. »Der Geheime Rat des Hauses Württemberg hat sich dieser Bitte nicht verschlossen.« Er hielt kurz inne und vertiefte sich in das Dokument, bevor er weiter sprach. »Hunderte von Zeugen wurden andernorts geladen und befragt, alte Unterlagen eingesehen und die über dein Tun und Handeln während deiner beiden Amtszeiten gefertigten Kommissionsberichte neu bewertet. Auch wenn nicht alle Aufzeichnungen die Jahrhunderte überstanden haben, gab es doch mehr als genug davon, um sich ein umfassendes Bild von deinem Treiben zu machen. Ungebührlich und dreist warst du zu den Bürgern und hast dich über Jahre an ihnen bereichert.« Der Graf deutete mit der Hand auf die Ge-schädigten ohne dabei den Blick von Essich abzuwenden. »Rosina Knoll, die Zimmersleut Mack und Koch und den Fergen Schmid haben wir gehört. Dennoch hat die Obrigkeit meist schützend ihre Hand über dich gehalten – Vetterles-wirtschaft eben. Anstatt dich ein zweites Mal zu bestellen, hätte mein Nachfahre, Herzog Carl Eugen, dich mit Schimpf und Schande aus dem Land jagen oder, besser noch, dich am Halse aufknüpfen lassen sollen.« Er strich sich mit dem Zeigefinger quer über die Kehle. »Viel Ärger wäre uns da-durch erspart geblieben. Nun, für eine irdische Strafe ist es zu spät und auch die Gulden, um die er euch gebracht hat«, bedauernd schaute er zu den Geschädigten hinüber, »auch die kann ich vom Vogt nicht mehr einfordern. Doch ich habe einen anderen Weg gefunden, euch Genugtuung zu ver-schaffen.«

Alle hielten gespannt den Atem an.

»Erhebet Euch«, befahl der Graf den vier Stammtisch-gesellen.

Stühle ruckelten. Holz schabte über Stein. Drei kamen seiner Aufforderung nach. Essich blieb sitzen. Leichenblass, das Gesicht zu einer hässlichen Fratze verzogen, die Finger gekrümmt, als wolle er wie ein Greifvogel zum Angriff übergehen, glotzte er den Grafen mit blutunterlaufenen Augen an.

»Victor Stephanus Essich, geboren am 3. März des Jahres 1709 in Stuttgart – im Auftrag des Geheimen Rates des Hauses Württemberg spreche ich mit der mir verliehenen, in dieser Welt ewiglich währenden Macht über alle Untertanen unseres Hauses nun das Urteil.« Sein Blick richtete sich auf die Schrift in seinen Händen. Dann verlas er das Verdikt. »Erstens: Dir wird die Ehre abgesprochen. Fortan giltst du als Unehrenhafter. Zweitens: Auch verlierst du jedwelche Macht, noch irgendeinem Wesen Schaden zuzufügen. Drittens: Du wirst deines Hauses verbannt. Viertens: Der Zutritt zu allen Gebäuden und Liegenschaften im Herzogtum wird dir verwehrt.«

Die Menge raunte. Alle Anspannung und Furcht war aus den Gesichtern gewichen. Einige der Geschädigten nickten, andere nahmen sich in die Arme, wieder anderen liefen Tränen über die Wangen.

Der Graf hob den Kopf und rollte das Dokument zusammen. »Und nun entschwinde. Wandle auf ewig in der Fremde und bereue deine Missetaten, Vogt Essich.«

Anhang

Hauptprotagonisten

Eberhard I., der Erlauchte, Graf von Württemberg

1265 in Stuttgart geboren. 1325 in Stuttgart verstorben.
Drei Mal verheiratet.
Erste Ehefrau: Vermutlich Adelheid von Werdenberg. Ein Sohn, eine Tochter.
Zweite Ehefrau: Margarethe von Lothringen. Ein Sohn.
Dritte Ehefrau: Irmengard von Baden. Drei Töchter.
Eberhard zeugte sieben Kinder, darunter einen unehelichen Sohn.

Durch den frühen Tod seines Vaters, Graf Ulrich mit dem Daumen, und des älteren Bruders Ulrich II. wurde Eberhard 1279 im Alter von 14 Jahren alleiniger regierender Graf der Grafschaft Württemberg, damals Wirtemberg.

Seine Regentschaft währte 44 Jahre. Sie war geprägt von unzähligen Kriegen, um die von seinem Vater hinzugewonnenen Territorien zu sichern und zu erweitern.

In dem gegen ihn von Kaiser Heinrich VII. ab dem Jahr 1310 geführten Reichskrieg verlor er beinahe sein gesamtes Land. Zuflucht suchte er im damals noch badischen

Besigheim, wo er sich 1312 zeitweilig im Turm der Oberen Burg – dem heutigen Schochenturm – versteckte.

Nach Wiedererlangung seiner Herrschaft verlegte er um 1320 den Regierungssitz von Beutelsbach nach Stuttgart. Bis zu seinem Tod gelang es ihm, die Grafschaft Württemberg um beinahe die Hälfte zu vergrößern.

Seine letzte Ruhe fand er in der Stuttgarter Stiftskirche, wo an der Nordwand ein lebensgroßes Standbild an ihn erinnert.

Essich, Victor Stephan

1709 in Stuttgart geboren. 1775 in Besigheim verstorben.

Als einer seiner Taufpaten wird der zu diesem Zeitpunkt regierende Herzog Eberhard Ludwig von Württemberg genannt.

Drei Mal verheiratet.

Erste Ehefrau: Louise Dorothea Schumm aus Stuttgart. Aus dieser Ehe gingen drei Töchter hervor.

Zweite Ehefrau: Eva Cleebauer aus Ottmarsheim. Sie gebar ihm zwei Söhne und zwei Töchter.

Dritte Ehefrau: Christiane Bauer aus Sersheim. Aus dieser Verbindung stammt eine Tochter.

Fünf seiner sechs Töchter wurden mit Pfarrern oder Beamten verheiratet.

Essichs Wohnhaus in der heutigen Kirchstraße 79, besser bekannt als Schule am Steinhaus, wurde vermutlich 1743 erbaut. Dafür mussten zwei andere Häuser abgerissen werden.

Nach der damals üblichen Schreiberlehre kam Essich im Alter von 24 Jahren nach Besigheim.

Von 1733 bis 1756 bekleidete er das Amt des Untervogts. Heute lässt sich sagen: Kein anderer Besigheimer Untervogt hat dieses Amt länger versehen als er.

1748 bis 1756 auch Geistlicher Verwalter in Mundelsheim.

1756 wurde Essich von der herzoglichen Untersuchungskommission aus all seinen Ämtern entlassen, jedoch sechs

Jahre später als Oberamtmann wieder eingesetzt. Warum er erneut in den Landesdienst berufen wurde, ist nicht bekannt.

Mit der Funktion des Oberamtmanns waren zeitweilig auch die Ämter des Geistlichen Verwalters in Besigheim und des Denkendorf´schen Kellers in Walheim verbunden.

Bis wann er den Posten des Oberamtmanns besetzte, ist unklar. Manche Quellen geben das Jahr 1766 an, andere datieren das endgültige Ende seiner Amtszeit auf das Jahr 1772.

Auf dem Alten Friedhof in Besigheim erinnert Stehle 20 an Vogt Essich.

In dem Büchlein »Erinnerungssteine«, einer Initiative der Steinmetz- und Steinbildhauerinnung Ludwigsburg-Böblingen-Rems-Murr, schreibt der Steinbildhauer Frank Hintz:

»Er erlangte schon als 24-jähriger junger Mann den Posten des Vogtes, also als erster oberster Verwaltungs- und Justizbeamter der Stadt Besigheim.

Zu Beginn tüchtig, entwickelte er sich schnell zu einem eigennützigen Menschen, der seine Macht missbrauchte und nichts ausließ, um sich im großen Stil zu bereichern. Seine Geldgier wuchs ins Unermessliche und obwohl er immer wieder vor die herzogliche Untersuchungskommission musste, besaß er immer wieder die Dreistigkeit, seine Untergebenen weiter zu tyrannisieren und auszubeuten. Auch seine Herrschaft, der Herzog Karl Eugen von Württemberg, wurde von ihm betrogen und beschissen.«

Kommerell, Johann David

1608 in Ulm geboren.

Wann er verstorben ist, ist nicht bekannt.

Sein Vater hatte 17 Kinder mit zwei Frauen. Johann David war das fünfte Kind.

Johann David Kommerell zog irgendwann in seiner Kindheit, vielleicht auch erst in seiner Jugend, nach Tübingen.

Im Jahr 1639 erhielt er das Bürgerrecht in Besigheim.

1646 wurde im Gerichtsprotokoll vermerkt: »Johann David Kommerell … Schultheis von Ilsfeld …«

Ab 1649 hatte er das Amt des Kellers zu Walheim inne.

Ab 1654 auch das Amt des Geistlichen Verwalters zu Besigheim.

Am Sankt Georgstag des Jahres 1656 (23. April) verschwand er über Nacht. Wohin und vor allem weshalb, ist nicht überliefert.

Im Volksglauben der Besigheimer war der Kommerell dazu verdammt, als dienstbarer Geist in seinem Haus umzugehen.

Friedrich Breining schreibt dazu in seinem Buch »Alt-Besigheim in guten und bösen Tagen«: »In dem Kommerell`schen Haus bzw. dessen Vorgänger ging ein Geist, 'der Kommerell' genannt. Dieser schaffte den Leuten im Haus ungesehen ihr Sach; wenn ein Wagen mit Korn abgeladen wurde, stand er unsichtbar droben und bot das

Korn hinauf. Einmal aber neckte man ihn: 'Kommerell, laß dich sehn'. Das tat er auch, indem er das Haus anzündete.«

Tatsächlich ist das ehemalige Kommerell`sche Anwesen im Jahre 1855 völlig niedergebrannt.

Meurer, Johann

1602 in Besigheim geboren. 1674 in Besigheim verstorben.
Stiftsschaffner (früher »Stiftsschafner«), Stadt- und Kelterschreiber.

Verheiratet mit Anna Maria Greiß aus Besigheim. Acht
Kinder.

Stadtschreiber Meurer war in seiner Funktion als
Kelterschreiber verantwortlich für die korrekte
Mengenerfassung des Traubenmosts beim Pressen im
Kelterbaum. 1655 verstieß er gegen die Herbstordnung und
manipulierte beim Abrechnen, sodass er sich schließlich vor
einer Kommission des Obervogts und der Herzoglichen
Rentkammer verantworten musste.

Ferner ist in den Kriminalakten des Landesarchivs Baden-
Württemberg vermerkt: »Untersuchungssache gegen den
Stadtschreiber Meurer aus Besigheim, der dem Hans
Schmohl, genannt Küfer Hans, aus Asperg ein nichtiges
Testament gemacht und sich selbst als Legater eingesetzt hat.
Er wurde seiner Stelle entsetzt und mit 100 Rtaler bestraft.«

Schoch, Wilhelm Johann

1860 in Sulzbach an der Murr geboren. 1931 in Besigheim verstorben.

Selbständiger Hochwächter und Altmaterialhändler (Lumpensammler).

Verheiratete sich 1885 in Besigheim mit der Taglöhnerstochter Johanna Luise Linn. Die Ehe blieb kinderlos.

Auf dem Alten Friedhof in Besigheim erinnert Stehle 18 des Steinbildhauers Frank Benzinger an den letzten Besigheimer Hochwächter.

Anmerkung der Autorin

Mir war es wichtig, mich beim Schreiben eng an dokumentierte Ereignisse zu halten. Um die Protagonisten meiner Geschichte auf eine gemeinsame Zeitschiene zu bringen, musste ich jedoch von meinem Vorsatz abweichen und mich in diesem Punkt der Fantasy bedienen.

Der Prolog ist frei erfunden. Ferge Schmid hat meines Wissens nie einen Stein auf Vogt Essich geworfen.

Bis auf Hubert Holzmiller von der Sägemühle waren alle in dieser Geschichte namentlich aufgeführten Personen existent.

Das äußere Erscheinungsbild der Protagonisten ist, unter Berücksichtigung der jeweiligen Epochen, größtenteils frei erfunden. Zeichnungen, Stiche oder gar Statuen existieren lediglich über den Grafen von Württemberg und vermitteln anschaulich sein angebliches Äußeres.

Die Zeitspanne, in der meine Protagonisten gelebt haben, zieht sich über mehrere Epochen. Im 14. Jahrhundert wurde anders gesprochen als im 17. und 20. Jahrhundert. Wir hätten heute teils große Schwierigkeiten, die Sätze inhaltlich zu verstehen. Deshalb habe ich mich entschieden, die Dialoge vorwiegend so zu schreiben, wie wir heute reden.

Danksagung

Mein besonderer Dank gilt meinem Mann, der sich mit unendlicher Geduld durch die Literatur gewühlt, mir vorgelesen und das beschrieben hat, was mir als Blinde verschlossen bleibt.

Dieter Schedy hat mir für meine Recherche die ersten Kontakte vermittelt.

Viele wertvolle Informationen verdanke ich Hans-Jürgen Groß, dem 1. Vorsitzenden des Besigheimer Geschichtsvereins.

Sandy Krüger, die »Herrin des Besigheimer Stadtarchivs«, wusste auf jede meiner vielen Fragen immer eine fundierte Antwort.

Den Schauplatz dieser Geschichte mit den mir noch zur Verfügung stehenden Sinnen im wahrsten Sinne des Wortes zu begreifen, dieses unvergessliche Erlebnis hat mir Matthias Gnatzy durch eine Besichtigung des Schochenturms ermöglicht.

Last but not least Astrid Rösel, meine Lektorin.

Ihnen allen danke ich sehr herzlich.

Britta Merkle-Lücke
im Oktober 2017

Zum Schluss noch ein kleiner Tipp:

Sollten Sie, werter Leser, einmal zufällig an einem ersten Donnerstag im Monat gegen 0 Uhr 59 die Besigheimer Kirchstraße hinauf marschieren, versäumen Sie es nicht, auf Höhe der Kirche Ihren Blick nach oben zu richten. Vielleicht bemerken Sie ja das eigenartige Funkeln an der Mauer des Schochenturms – jetzt, da Sie wissen, dass es dieses Phänomen tatsächlich gibt.

Quellen

Breining, Friedrich, »Alt-Besigheim in guten und bösen Tagen, Denkwürdigkeiten einer württembergischen Kleinstadt«, 1927, zweite, neubearbeitete Auflage

Der Spiegel – Geschichte, »Das Leben im Mittelalter«, Jahrgang 5, 2013, Heft 4

Felsengartenkellerei Besigheim, »Staffellauf und Kellerkunst«, 2013

Gemeindeverwaltung Walheim, »900 Jahre Walheim«, 1971

Hoffmann, Dr., C. H. C., »Sammlung der württembergischen Finanzgesetze«, 1845

Königliches statistisch-topographisches Bureau Stuttgart (Hrsg.), J. B. Müller`s Verlagshandlung, »Beschreibung des Oberamts Besigheim«, 1853

Landesarchiv Baden-Württemberg

Schulz Dr., Thomas/Richter, Sandy, »Besigheimer Geschichtsblätter 25: Der Besigheimer Vogt Victor Stephan Essich«, 2007

Stadt Besigheim, »Besigheimer Häuserbuch«, 1993